风的肋骨

李李 著

陕西新华出版
太白文艺出版社·西安

图书在版编目（CIP）数据

风的肋骨 / 李李著. -- 西安：太白文艺出版社，2023.1（2023.6重印）
ISBN 978-7-5513-2273-7

Ⅰ.①风… Ⅱ.①李… Ⅲ.①诗集－中国－当代 Ⅳ.①I227

中国版本图书馆CIP数据核字（2022）第196049号

## 风的肋骨
FENG DE LEIGU

| 作　　者 | 李　李 |
|---|---|
| 责任编辑 | 党晓绒 |
| 封面设计 | 胡艺顺 |
| 版式设计 | 梁　涛 |
| 出版发行 | 太白文艺出版社 |
| 经　　销 | 新华书店 |
| 印　　刷 | 三河市同力彩印务有限公司 |
| 开　　本 | 880mm×1194mm　1/32 |
| 字　　数 | 220千字 |
| 印　　张 | 6 |
| 版　　次 | 2023年1月第1版 |
| 印　　次 | 2023年6月第2次印刷 |
| 书　　号 | ISBN 978-7-5513-2273-7 |
| 定　　价 | 42.00元 |

版权所有　翻印必究
如有印装质量问题，可寄出版社印制部调换
联系电话：029-81206800
出版社地址：西安市曲江新区登高路1388号（邮编：710061）
营销中心电话：029-87277748　029-87217872

# 生命和诗的突围
## ——李李诗集《风的肋骨》简析

### 贺晓祥

最早听到李李的名字是和名优教师联系到一起的。那时，她在陕西省柞水中学任教，我在乾佑中学任教，校长把她作为标杆说给我们听。其后，我才看到她的小小说、散文，感觉她的语言细腻，内容贴近生活，却极清新脱俗。见到李李的诗歌是后来的事了，初见感觉以写实的较多，没有过深的印象。后来再见，她已在西安上班，她的诗歌吓了我一跳，早已不是原来我印象中的作品了。其内容涉及乡土、都市生活；叙述的主体有亲人、乡亲、打工族、病人；情感上既有浓郁的亲情，又有淳厚的乡情，还有淡淡的乡愁，以及浪漫、迷离的爱情。她的诗长于叙述、抒情，手法上传统中加入现代元素，使她的诗既站在现实主义的土地上，亲切、亲和，又有着出人意料的现代性，让人耳目一新。李李在诗歌方面涉猎面极其广泛，在阅读她的诗歌过程中，可以看到她就像名战士，始终在和围困她生活和思想的那张看不见的网抗争，以多个题材打造了属于李李的诗歌天地。

## 创作的脉络：突围

阅读李李的诗，能感到她的突破能力。熟悉李李的人都知道，她有着异于常人的闯劲和拼搏精神，总会不断在原有的层面寻求突破，因而她能一步步不断走向更高处。这种不断突破自身的精神，让她不断从地域和事业上突围，一步步从乡村到县城，再到省城。这些必然会投射到她的诗歌创作中。可以说，一次生活和事业的突围，就是李李诗歌写作题材和生活情感的一次突围，在诗歌里就呈现出她在环境和事业变迁过程中丰富多彩的生活和复杂的情感体验。这让李李的诗歌极为耐读和富于生活的生命体验。

她的作品以她生活的地理环境和情感变化分成故土乡情、离乡情愁、都市篱下三部分，分别用"土豆花""空房子""陶盆鱼"等典型意象来概括，十分贴切。这既是针对诗的创作地域的划分，又是她这一阶段生活、情感和思想的写照。此外，作品中有关生命体验的内容也极有韵味，且区别于早期相对传统的写作，这部分作品以"风的肋骨"为诗的题眼再好不过。李李的爱情诗作可谓独树一帜，没有常人写爱情的卿卿我我、海誓山盟，而且，她的爱情诗，将她现阶段的创作推向高潮，这让人感到十分欣慰和珍贵，且用"半封情书"来珍藏这些作品。

以上，是我对李李诗创作脉络的大致梳理。

### 现实主义经典之花：情感

李李早期的诗歌，基本是基于现实主义的创作，是中国传统诗歌的经典之花，包含了乡土、乡愁这些中国诗人们钟情千年、古老又魅力无限的题材。最初的作品集中在她最熟悉的农村生活和亲人故土上。这部分诗大量地写到了故乡的生活、农事、父亲、母亲和其他亲人。

从《酸李子》一诗，我们能看出她学生时代生活的状态，算是她那一时期乡土生活的自画像："锅碗瓢盆弹奏的日子，简单又凌乱/猪栏旁，那棵树举着云朵，期待/生活向甜/风从远处吹来/青涩的李子翻动树叶，和书页一样/沙沙地响。"农村的生活是清苦、酸涩的，然而，她并不悲观，也没有向现实妥协，而是像李子一样有着"向甜"的期待，这一期待通过沙沙响的书页呈现出来，活脱脱勾画出了一名敏而好学的农家孩子形象。

　　李李的这些乡土诗写到了农事："小时候，跟父亲去挖土豆/父亲的锄头总是挖得较远/他说，土豆在暗处会摸索着阳光前行。""小麦开始灌浆/万物在体内蓄满河流。"她写得最多的还是亲情，父亲一生都是操劳的："挖着、挖着/父亲自己也成了一颗土豆。"这平实的语言包含了对父亲无限的怀念和敬意："一座山是父亲/扛着生活，扛着人间的起起落落。"她写母亲："我的母亲，秦岭山中槐花一样的女人/已经爬不动木梯，却依旧/摘下最新鲜的露珠/香味从厨房开始，填满空寂的院落……"她写在外务工被砸伤的表叔："表叔是在黄昏的时候回村/被命运截去了黎明，远方是一根拐杖。"其实，对于故乡，她最割舍不下的是留在村中的老人："摇摇欲坠的老人/瘦骨嶙峋/像一只被岁月掏空了的蝉蜕。"

　　大学毕业后，李李从家乡走出去，远离故土，难免会思念家乡，因而，乡愁诗也是她重要的一个创作板块。她的离愁，是从穿过秦岭终南山长隧开始的，在《终南山隧道》诗中，她写道："隧道的两端，一端连着根脉/另一端连着孤独、离愁。"可以说，到西安工作是她产生离愁别绪的分水岭。这种离愁源于她初到都市潜意识里的寄人篱下感觉，最初呈现为城市的拒斥和不安全感，这从《肇事者》和《飞进办公室的鸟》等诗中能看出来。伴随这一感受的是作者深深的孤独。在《蝉蜕》一诗中，她写道："我已经没有了/城市里熙熙攘攘的孤独感。"作者用了两个相悖的词来写自己身处闹市的孤独，这种孤独不是身体的，而是发自内心的。"没有了"，真的是说没有了吗？不是。是看到空空的蝉蜕，想起故乡的老屋和老屋里被岁月掏空的老人，暂时忘记了而已。这是短暂的逃避，实质是孤独更甚、乡愁更浓。可以说，"蝉蜕"和"空房子"是李李乡愁诗的两个经典意象和诗魂。漂泊感和负罪感是她乡愁另外的呈现形式。"试图给心找个栖息地/结果只找到一串脚印，歪歪扭扭远去。"因为事业选择离开，让她对故土和亲人背负了过多的负罪感，以至于在《在永兴坊里遇见打糍粑》一诗中写道："很想走过去，摸摸熟悉的亲人/却感到，木槌/狠狠地，敲了我。"读来，深感韵味悠长。

### 生命的印痕：伤痛

李李后期的诗，在注重情感抒写的同时，开始把对生命的观照融入诗歌中，把伤、痛、疾病等对生命的感悟融进诗歌的创作中，因而，她后期的诗歌有了生命的硬度。这一点，可以在《诗歌是最适宜的住所》这首诗中得到印证："现在知道，每一首诗/就是日渐老去的见证，是愈发难以忍受的/厚厚的人间落尘。"厚厚的人间落尘，这是对生命最真实的体悟，只有有着强烈生命审视能力的人，才能感悟到。

李李的诗里，有许多写医院、病人的，这在我读到的诗歌里是不多见的。人一生中，生老病死是不得不面对的永恒课题，也是解读和判断一个人人生观、生命观的钥匙。在《门诊大楼》里，她写道："演说家，职场精英，诗人，罪犯/拾荒者/脸色渐暗，很快/被一座大厅统一身份。"疾病把所有人统一的不仅是患者的身份，还有对生命的重新认识。面对疾病，你在很多时候是无奈的，自己无法为自己做主："我们像被潮水拖上了沙滩/每割掉一只触角，很快/又长出新的。"李李用触角这个意象来象征疾病，很贴切，疾病的敏感和触角有着非常相近之处，它时时牵动着人的神经。同时，疾病对人的影响也是巨大的："一个人/枯萎在一张张白色的病历单上。"疾病在伤害人身体的同时，也改变着一个人的精神和人生观："一个人的惶恐到底有多重？/提着一张片状的身体/蓝口罩掩藏不住十九楼的不安/身体里的山川、河流和草木/以及潜伏多年的尘埃。"但人总要有一点精神,不能被疾病挟持,成为疾病的牺牲品,人要用自己的意志力战胜病魔,所以,即便身体里满是落尘,也要在"身体里长出了蓝天白云,碧绿草地,流水淙淙/也深深爱着/云层中的雷霆……"。"从医院回来/路上的积雪已融成明亮的斑点/等鸟鸣叫醒满山迎春花/妈妈说,就可以重返学校。"对于一个久病的人,走出医院就预示着春天的到来。

除了疾病,衰老同样是人必须面对的课题。《没有比时间更锋利的刀口》一诗中,她写道:"时间的刀口和火焰/切削生命和坚硬的事物/焚烧残破的碎片/留下寂静的灰烬和遗嘱。"时间能在坚硬的事物上刻画,何况人?但作者更强调珍存于人与人之间的情感:"就像我,终会被时间刻蚀、焚毁/而烧不掉的/是文字里结晶的泪水。"在李李眼里,路边的长椅和"我"有着同样的命运:"漆已剥落,一身斑驳/经历了多少/承载过什么/它的经历,正在我的身上发生//某个下午/我带着穿衣镜里的女人/重返花店、校园、商场/给她买巧克力冰激凌/只是回家的时候/她在长椅上走失了/冰激凌融化了一地。"那个穿衣镜里的女人,就是生活刻蚀下的青春的自己,她爱美,甚至想永远充满年轻的活力,但看到这张斑驳的长椅,她消失了,这既是时间的残酷,也是生命要面对的真实、现实和必然。

### 爱情的味道：错位

爱情诗是李李诗歌里最耀眼的部分，在写作手法上更加成熟和现代，表达的情感也更为复杂，代表了目前作者诗歌的最高境界。读她的爱情诗，有一种错位感。事实上，哪一个恋爱中的男女没有这种错位感呢？

在《空茶杯》一诗中，李李用两只茶杯代表爱情的主体："纤细指端紧握一杯暖意／另一只茶杯依然空着。"这种错位感在"夜已深。有挖掘机还在某个角落／挥汗如雨，肆意喧嚣／最终掏空了夜的最后一丝高傲和耐心。"的诗句中，更加突出地表现了出来，而结尾"一只茶杯碎了，另一只茶杯／依旧空着"，把这种错位感更加尖锐地呈现了出来。在《重逢》一诗中，李李在描述了重逢的环境后，就开始写对于重逢的感受："我起身，坐在桌前／和旧时的我彼此纠缠／思绪在一些闪光的句子中停留／身体像一滴透明的雨／越来越轻。""我"依然沉浸在对过去爱的回忆中，因为爱变得"透明"，这个"透明"，是爱的无邪、信任，而我爱着的男人，"抱着我的影子"。如果说《空茶杯》是相守的错位，那么，《重逢》则是相离的错位。

一百个读者就有一百个哈姆雷特，读者自有自己的读诗体悟，我且挑出印象深刻的几个句子，呈现给读者："一缕月光闯入/照见我内心里的黑，是一只忧伤的猫头鹰/在辗转反侧中，陷于夜的沼泽//心，比夜更加空旷。""阔别已久，书柜间重读/未曾抵达黄金小径。不过是手掌上的空寂。"

阅读李李的诗歌，能感受到她对诗歌的激情和探索精神，这让我想起屈原的诗句"路漫漫其修远兮，吾将上下而求索"。在诗歌的艺术王国，李李还会走得更远。

贺晓祥，男，20世纪60年代末生，陕西省作家协会会员，柞水县作家协会主席。作品散见于《诗刊》《星星诗刊》《诗歌月刊》《绿风》等刊物。

# 飘动在回忆与山岚里的心灵奏鸣曲
## ——李李诗歌印象

### 张 翼

如果说一个人的灵魂是由四大元素中的一种构成,那么读李李的诗,你会觉得自己看到了一个轻盈如风的女性灵魂,又或是看到了一女子站在窗前,透过字里行间,透过山间的缥缈雾岚,像注视着傍晚时分一场悄悄落下的春雨般静静注视着你。

诗是歌唱的声音,但每一个诗人又有着与众不同的嗓音——颂歌式的、宣叙式的、思辨式的……而李李的诗歌总是在一种出神的状态中透过回忆注视着那些已然消失在时间深处的物象。如:"他忽然坐到对面,没有一丝声息/像一缕灯光挤进门缝。雨水/从衣角处滴落,靠窗的地面湿了一小块/他的手上,有泥巴的痕迹/中指上的烟黄还在/嘴唇翕动,说不出一句话……//坐在越来越大的雨声里/任体内的小兽冲进黑夜/旧事喊不住——从远处赶来。"（《大雨来过》）又如："蝴蝶是天使,会飞去天堂/会落在爸爸肩上……/她,垂下的长睫毛/关闭了一只蝴蝶的悲伤。"（《蓝蝴蝶》）再如："草木在身体上又一次开花、返青、凋零//我坐在夜晚,想写下点什么/那座山,就在远方/山路上,有一些光/在微弱地晃动。"（《远山》）于是,随着诗人的笔触,她所营造的意象,不断转瞬即逝地消解着,留在读者心间的只有一种对过往的怀恋与淡淡的苦涩。

　　每个人的思想与情感中都存在着某个情结或固着点,通读整部诗集,你会发现诗人的主题固着在童年的生活环境、亲人的去世和恋爱经历这三个点上。对于任何一个童年在大自然中度过的人来说,与自然那种神秘的神圣性息息相通的感觉会造就一颗孤寂的心灵,这种孤寂感一定会伴其一生,并且愈是在城市的喧闹中愈是如鱼渴水般让人不得安宁："终于亮出蝉翼般的翅膀//她四十岁,起诉离婚/远嫁十几年/她像一朵流离失所的蒲公英/抗争,失败,抗争/嫁鸡随鸡嫁狗随狗是女人们/挣不脱的大山。"（《蒲公英》）又或者："昏暗的灯光。海一般的人群/踩掉方言,卸下山高水远//演说家,职场精英,诗人,罪犯/拾荒者/脸色渐暗,很快/被一座大厅统一

身份//……我。我们像被潮水拖上了沙滩/每割掉一只触角,很快/又长出新的。"(《门诊大楼》)

而亲人的去世,不同性格的人也自有不同的态度和表达方式,著名的如狄兰·托马斯在《不要温驯地走入那个良夜中》,对带走自己父亲的死亡发出咆哮的怒斥。而在李李的诗中,基于她从小生活其中的大山深处的农耕文化——草木荣枯,四季更替,种子的死亡,果实的成熟……这一切所启示的生命轮回,使她自然而然地将死亡看作是新生的一环,就像风的絮语、树叶的呢喃在提醒着我们万物有灵,逝者就在身边:"小时候,跟父亲去挖土豆/父亲的锄头总是挖得较远/他说,土豆在暗处会摸索着阳光前行……//挖着、挖着/父亲自己也成了一颗土豆/邻里乡亲将父亲种进后山的那天/下了一场雨//天空很低。我看见/父亲从土里长出来/他弯腰弓背,把整个天空/背在背上。只有土豆花像一只泪眼/镶嵌在云端。"(《土豆啊,土豆》)

对爱情的感受,诗人也和他人一样热烈,但这热烈也同样是隔着时间的层层帘幕,仿佛是冰冻的火焰,保持着最刻骨铭心的永恒姿态:"斑斓的灯光睡了/透过迷离的窗/末班车拖着长长的疲惫,驶过//纤细指端紧握一杯暖意/另一只茶杯依然空着/一些时光的细节/在杯中翻腾。有风飞翔//在寂静中掠过她的影子/夜已深。有挖掘机还在某个角落/挥汗如雨，肆意喧嚣/最终掏空了夜的最后一丝高傲和耐心//一只茶杯碎了，另一只茶杯/依旧空着。"（《空茶杯》）又如："亲爱的，今夜的诗句/依旧和尘世一样轻、一样白/怀抱寂静/背靠一屋灯光。进入未知的世界/此刻——/让我们忘记该忘记的、忘记伤疤/只紧紧相拥。"（《与影对坐》）又或："女贞子移动视线，鸟鸣推开远方/可我，依旧力不从心/做不到以一棵草木之心/面对世事万象/沿着树丫而行/接受刀砍、斧削，深陷卯榫//叶脉里湖水在暗自涌动/棉花的天空/单纯和恬静在你发尖上绸缪/不谈生活，不触动泛黄的时光/我们在彼此的目光里/听湖水一圈一圈地荡漾——"（《涟漪》）即使是荷尔蒙飙升的初恋，在她的笔下也如画在空气中的素描轻烟："那一年/我的眼睛总会长出一对翅膀/从教室随时飞去操场//他穿白衬衫白球鞋/跳起来仰头投球的身影/像一把张开的弓箭/射中一只小鹿的心//他射来的目光如炬/内心的热度/像一个气球不断攀升。"（《初恋》）

在李李的诗歌语言中很少看到现代文学荒诞的意象，繁密的修辞，以及工业化、城市化的思想内核；她的语言是古典式的，有着优雅凝练的审美趣味。思想内容则是与自然融为一体的农耕文明与道德标准。这就使任何时代的任何人读，都仿佛是在万物有灵的大自然中，与我们的农耕祖先们进行了一次对话。而这无疑也正是诗人对美、对诗歌在生活中所担任的职能的心之所向！"一直觉得，诗歌/是人最适宜的住所/干净的阳光，自由地呼吸/奔跑，漫步。思绪蓝得出窍/夜晚，伴着月光，在日渐深邃的眼神里/不掩饰，一份寂寞或忧伤//我的敏感、细腻，和对事/对物的杞人忧天/都赶不上年轮的脚步/曾以为，保持一颗童心就是年轻//现在知道，每一首诗/就是日渐老去的见证，是愈发难以忍受的/厚厚的人间落尘/可我依然，往这最佳住所/搬运脾气和爱/搬运玉米和土豆，搬运思想/我大汗淋漓，也不曾停止。"（《诗歌是最适宜的住所》）

张翼，1971年生，陕西宝鸡人。陕西省作家协会会员，陕西省诗词学会会员，陕西省青年文学协会会员，柞水县作家协会秘书长。曾任外科医生，后弃医从文。著有《漂流瓶里的诗篇》《存在论》《梦境》等。

# 目 录

## 第一辑 土豆花

芦苇秋日白 / 3
尘世间，不止一枚月亮 / 4
寂静满山 / 5
酸李子 / 6
如果天空干净 / 7
槐花盛开 / 9
大雨来过 / 10
乳名 / 11
有关梨花 / 12
土豆啊，土豆 / 13
深秋的河岸 / 15
篱笆 / 16
这个节日，想起你 / 17
礼物 / 18

冬日暖阳 / 19

蒲公英 / 20

爷爷 / 21

仰望一座山 / 22

陌上遇见 / 23

腊月 / 24

年味 / 25

对联 / 27

节气帖（组诗）/ 28

## 第二辑 空 房 子

终南山隧道 / 37

蝉衣 / 39

果壳 / 40

蓝蝴蝶 / 41

归期未有期 / 42

鱼腥草 / 43

春光 / 44

湖边柳 / 45

开往关岭的火车 / 46

如初 / 47

旧年辞 / 49

蝉蜕 / 50

萤火虫 / 51

在永兴坊里遇见打糍粑 / 53

四月，倘若还有可以奔赴的地方 / 54

回家 / 55

归途 / 56

儿时的记忆 / 57

酒坊 / 58

炊烟 / 59

银杏黄了 / 60

远山 / 61

槐花 / 62

中秋节 / 63

秋意微凉 / 64

风中的狗尾巴草 / 65

十字街口 / 66

## 第三辑 陶 盆 鱼

黄昏 / 69

没有一片叶子是多余的 / 70

路边的长椅 / 72

肇事者 / 73

飞进办公室的鸟 / 74

像鸟儿一样鸣叫 / 75

3

暮色　/　76
归来　/　77
医院走廊　/　78
四十一床的女人　/　79
车站　/　80
雪　/　81
流浪者　/　82
飘　/　83
烟火人间　/　84
晨曦　/　85
荒芜　/　86
鸟鸣　/　87
清晨，一场雨正在来临　/　88
粉色雨　/　89
晋祠　/　90
清晨　/　91
一朵花　/　92
虚无之词　/　93
我们用身体活着　/　94
局限　/　95

大地湾笔记：没有什么比时间更
　　锋利的刀口（组诗）　/　97

## 第四辑 风的肋骨

秋天的白桦林 / 107

草坡 / 108

青龙寺 / 109

想起风时 / 110

空 / 111

隐秘 / 112

自画像 / 113

岁末书 / 114

诗歌是最适宜的住所 / 116

影像，透视一个人的中年 / 118

白色的风 / 119

倾斜 / 120

瀑布 / 121

踏上冬去的列车 / 122

青藏公路速写 / 123

我听到过一粒石子的沉默 / 124

这片海 / 125

卧龙吟 / 126

斯卡布罗集市 / 127

这一年 / 128

姐姐 / 130

门诊大楼 / 131

## 第五辑　半封情书

空茶杯 / 137

重逢 / 138

秋 / 139

失眠 / 140

活着 / 141

码头 / 142

蝴蝶或其他 / 143

与影对坐 / 144

雪已经下了很久 / 145

涟漪 / 146

幻想帖 / 147

清明上河图 / 148

洗脸盆 / 150

空椅子，在秋风里 / 151

霞光之上 / 152

梅 / 153

秦楚古道 / 155

初恋 / 157

梦中草原 / 158

古城已是秋天 / 160

触摸阳光 / 161

回坊风情街 / 162

七夕 / 163

守望 / 164

半封情书 / 166

白云出岫，又是一年重阳节 / 167

青梅 / 168

# 土豆花

tudou hua

## 芦苇秋日白

在黄昏。风吹响了芦苇
秋天就白了头
那些被天空取出水分的羽毛
正被风带去陌生的地方
没有犹豫。沿着河流的方向
蜿蜒而去
落到地里又会长出一个春天
撞在心上就会开出诗意的花朵
即使到了万物萧瑟的季节
又在镰刀的邀请中潜回久别的村庄
拥抱取暖。一堆堆篝火
点燃了暗夜
轻轻地托住老人们的腰疾
或者梦境

## 尘世间,不止一枚月亮

围坐小院
笑声比月光更加透亮
记忆剥落。还有多少卑微的想念
在夜的深处,团聚

稻茬雪白
脚步从远处围拢过来
蝴蝶的翅膀上
有人,一定比天空更渴望圆满

中秋,月亮高过了天空
高过眼睛
那么大,那么圆,有足够的信心
面对
接下来的盈缺
越逼越近的黑暗

## 寂静满山

昨夜的雨，徒增了凉意
一个人走进山林
青石台阶。松鼠仓皇
树荫一小片一小片
接受中年的思想，野草的韧性
枯黄，又枯黄了一些
放轻脚步。
落果，枯叶，树影
它们覆盖。有人坐在秋天的脚印里
用另一种存在诉说

## 酸李子

藏在树叶后面
涩涩的，是沉寂的父亲身上长出的果实

鸟鸣滴成影子。像走失未归的人
距离黑紫色，还需要
半月阳光
母亲一大早去了镇上木耳基地做工
弟弟吃了半颗，伏在她的背上

锅碗瓢盆弹奏的日子，简单又凌乱
猪栏旁，那棵树举着云朵，期待
生活向甜
风从远处吹来
青涩的李子翻动树叶，和书页一样
沙沙地响

## 如果天空干净

扑棱翅膀,又一阵扑棱
它囚在檐下的一张网里。未知的路
从一声低过一声的黄昏起程

而表叔是在黄昏的时候回村
被命运截去了黎明,远方是一根拐杖
日子里的光影
早被洗劫

如果天空干净,云朵擦拭屋顶
玉米棒和辣椒舒展眉头
风中晃动着的是明亮的笑声

这样多好——
我很认真地想,就在此时

那断断续续的嘶鸣
突然挣脱了
黑暗中
将我的目光越抬越高

## 槐花盛开

月色如雪,把我的歌声照得又亮又脆。
我骑得很小心,碾过树影、晚风
和他一句接一句的叮嘱

他身上有淡淡的清香。晚饭
吃槐花蒸饭
立夏已过,整个五月都是蓬勃的

说不清看见步履蹒跚的老人,为何
突然流泪。他走的时候,储藏的槐花
还有很多没有开封

在这个漆黑的夜晚,当我与他同行
在没有回声的文字里
风在摇晃,一树又一树的白
正在抬高夜空

## 大 雨 来 过

他忽然坐到对面,没有一丝声息
像一缕灯光挤进门缝。雨水
从衣角处滴落,靠窗的地面湿了一小块
他的手上,有泥巴的痕迹
中指上的烟黄还在
嘴唇翕动,说不出一句话

雨移步窗前,淋湿了抽屉里的旧唱片
老房子,静坐在相册里
他说多年不见
后山上嫁接的果树都已成林……

坐在越来越大的雨声里
任体内的小兽冲进黑夜
旧事喊不住——从远处赶来

土／豆／花

## 乳　　名

潜伏在后山的某棵树上
开花，生叶，结出童年的果子

追逐青草的头羊，咩一声过后
堰渠旁，玉米林里，红薯地里，熟悉的呼喊
就一声高过一声，踩着黄昏而来

这些夹杂泥土气息的名字
渐渐陌生，或淡忘
又在某年某月回老家的路上
突然跳出来，只喊一声
怀揣多年的乡情就泪光盈盈

太过久远，竟多了几分陌生
喊一声，再喊一声。多想喊回——
那些渐行渐远的青色背影

### 有关梨花

有一万朵云
抱紧四月,抱紧
故乡

从远路归来的人,长跪树下
除草,烧纸,磕头
纸灰沉落
扶腰起身,那人头顶已落下一层雪

父亲坟前
看草木再次发芽、开花
这一天,我将有关梨花的诗句
写了又删,删了又写

土／豆／花

## 土豆啊,土豆

小时候,跟父亲去挖土豆
父亲的锄头总是挖得较远
他说,土豆在暗处会摸索着阳光前行

刨出来的土豆
白白净净地堆在地面
我在后面统统捡进了竹笼……

挖着、挖着
父亲自己也成了一颗土豆
邻里乡亲将父亲种进后山的那天
下了一场雨

天空很低。我看见
父亲从土里长出来

他弯腰弓背,把整个天空

背在背上。只有土豆花像一只泪眼

镶嵌在云端

土/豆/花

## 深秋的河岸

熟悉的小河。我记得
你的匆忙
并不宽厚的背上有两捆黄豆。
孩子们的学费,爷爷的药。
还有一大家子的油盐酱醋
你背你的幺儿
过独木桥的时候,一小步一小步。

一条河流长途跋涉,消隐在深秋的河岸
你背着黎明,出了一趟远门
这么多年过去
门口的那盏路灯,整夜整夜地
亮着,等你……

## 篱　笆

山药沿着篱笆攀缘而上
长出起伏的光阴

我有一个错觉
又一次看见
那年大风吹倒了篱笆
吹枯了叶子
吹得背回种子的父亲摸黑才到家

采摘山药籽的时候
有许多藤蔓爬上来
仿佛,这么多年一直在咬牙坚持
只为守住这些篱笆

## 这个节日,想起你

梦里的眼泪落下,就是一场雪
风,又一次吹空一地玉米秆
请原谅我
后山嫁接的板栗早已成林
夜幕一样的乌云,在这一天笼罩我
站在窗前
你那双手,抚摸我头发时
总刺刺啦啦地响
雨点开始敲打玻璃
像有人敲门
父亲,我们隔着穿不透的光阴,隔着
人世最长的伤痛
每个清晨,我盯着镜子
父亲,你年轻的样子就在我的眉眼间
微笑,或叮咛

## 礼　　物

雪落白了屋顶。一声喵呜
绕过炊烟
蹿进了家门。那一天
父亲离开整整三个月
母亲说，怕是放心不下才专门送来做伴
母亲盛水，切细细的肉丝
软乎乎的窝放在卧室的角落
返回古城上班，偌大的家
只有母亲
守望着门前光秃秃的柿子树
夜晚荒芜，灯光住进自己的影子
喵呜，喵呜，蹭旧了布鞋
嘘，又跳入怀里
呼噜，呼噜

## 冬日暖阳

一坐就是半个晌午。人群渐渐散去
村口重归寂静
树影落在身上一动不动

有人远路归来。她遮眼远望
将失望吞咽。手笼在袖筒
喇叭声稀疏。阳光河水一样缓缓地流淌
她再次起身将衣服抻得平平整整

光线悄无声息地撤离
"妈!"一声呼喊从背后扑来
摇落了柿树上几粒鸟鸣

## 蒲 公 英

终于亮出蝉翼般的翅膀

她四十岁,起诉离婚
远嫁十几年
她像一朵流离失所的蒲公英
抗争,失败,抗争
嫁鸡随鸡嫁狗随狗是女人们
挣不脱的大山

又是一年秋风起
她坐在窗口
像岁月浸泡的一杯蒲公英茶
而明亮的玻璃窗外
女儿鼓着嘴巴用力在吹
湛蓝的天空下
立刻,开满了许多漂亮的伞花

## 爷　　爷

小暑夜。你悄然潜过照片、文字、旧时光
就像你的突然离世，正值夜深人静

没有惊动一只蚂蚁，或一丝风
你远走他乡
像小时候去外乡给别人做篾活
回来的时候
工具箱里总是塞装小小惊喜

爷爷。太阳已经落下了凤凰山
你还坐在屋檐下，一刀一刀地破竹
牛羊归槽。你紧抓着藤椅的靠背起身……

——那尚未编完的夏夜
已是万籁俱寂

## 仰望一座山

仰望是一种力量
越过漫山的丛林和虚静的云烟
准确地瞄向一座山
于清风中
打磨一把敬仰的尺子
曾经烽烟四起,历史的尘埃落定
顶天立地的身姿
历经日月精华
擎起生命与灵魂的骨架。一座山
独立于纵横起伏的众山之外
年迈的步伐,走遍了多舛的庚子年
在叶子渐红的季节
收获饱满的目光
一座山,是父亲
扛着生活,扛着人间的起起落落
一座山,成了秋风里的一尊"大雅"

## 陌上遇见

三月的风临幸了樱花、玉兰
鸟鸣愈发清脆。山路
三步并作两步想要登上寺院

石阶上两个灰衣僧人
不说话,低头清扫落花,一帚接一帚

走不动的时候
就停下歇一歇
风那么大,吹散笑声,吹走了行人

路消失在拐弯处,我站在寂静里
披着细碎的阳光
深陷掌心里的一瓣瓣落尘

## 腊　月

过了小年，炊烟习惯爬上房顶眺望——
路一天短过一天

空旷的村庄，像秋收过后的粮仓
很快被热闹和年味填满
老人将炉火拨得更旺
不谙世事的孩童被玩具和零食包围
忽略了曾经日夜的等待

麦田里的暗绿，把相爱的影子摊开
鸟群叼起了另一半空地
这时候，土豆还没有醒来
穿上棉布鞋，再次丈量田野和村庄

每个路口，风都在守候
无数人的腊月
是老家门前那枚鸟巢

## 年　　味

从列车的日夜兼程开始弥漫
眼神一路迫切。自进入小年，城乡村镇
大街小巷，热闹而又拥挤

对联和灯笼，挂在高处
沉默不语。可骨子里的喜庆自然而然被渲染
年画，各类菜蔬，肉类，水果，还有
香表，纸钱都秘而不宣

出门在外的人，陆续返回
老屋的空荡和落寞，被一一驱赶
像迁徙的鸟儿们，对天空的理解
比那些仰望者要深刻很多

其实，我更在意母亲的年
她低头弓腰，在厨房里

忙碌了一天又一天
与烟火融为一体
擦一把脸,再将团聚的日子
油炸,清蒸,或者红烧

## 对　　联

白漆的字。裁好的红纸。那样的春节
贴在你离去后漫长的三年
我没有写过一字一句

我们尽量避开谈论过年，门楣异常鲜亮
不放鞭炮，也不挂大红灯笼
村庄密集的鞭炮声里
恍若隔世
木梯，糨糊，还有我的仰视
有多热闹就有多冷清

……贴端，抻平
旧门扉已从那年回来，又一次怀抱火焰
唯独，落下了你

# 节气帖(组诗)

## 立 春

依旧微冷。远山的高处
积雪还未完全撤离,轻风卡在黄栌树的骨节里
在一树玉兰即将返青的早晨
无法抗拒。雨水将
远道而来。用一首诗歌
穿越生活的疲惫
且让我,一边慢慢行走
一边深深热爱。就像枝头上的一粒粒春天
正被某种力量,一点一点地
拔了出来

## 惊 蛰

蛰伏的虫鸣开始返青
卸下草粪、化肥
我和父亲,一前一后挖开春天
歪歪扭扭的垄,是我稚嫩的脚印

父亲，总会默默将它们
扶正——

昨夜，隔着时空
我听见新种的土豆破芽的声音
父亲在深爱的土地里
和土豆说悄悄话

土／豆／花

## 清　　明

雨。有一颗柔软的心
走进四月的村庄
雾气落在山腰
裹住了鸟鸣。浑身湿漉漉的人
绕着老屋转了一圈
又一圈。云烟爬上柏树，天空更低
在蒙蒙细雨中
我们远路归来，我们
跪于泥泞，从寂静的身体里
掏出了长满荒草的部分

## 立　　夏

摇落的露珠
足以让四叶草和不知名的小花
蓬勃内心的阳光

小麦开始灌浆

万物在体内蓄满河流

我站在树下,盛开在几团影子里

天空像一个敞开的胸怀

一个红裙子和几只蝴蝶

飞过宽阔的马路

轻易就翻越了槐花的清香……

## 小　　满

镰刀未醒。蝴蝶低飞,麦田

像一匹被风掀动的丝绸

放下书包

坐上树杈,他摇下一串串鸟鸣

也扔下几枚泛白的青杏

阳光从树叶的缝隙里,漏下云彩

在我的衣衫开出了几朵栀子花

我看见,蚂蚁成群结队

簇拥着地上的杏核——

在吃我们细小的齿痕

## 立　　秋

天空渐趋辽远

河流日渐消瘦。蝉鸣从叶间跌落

路过的风,摘下了几片树叶

蹦跶的豆荚

红须悬垂的玉米

我在城市的书桌上

收获沉甸甸的恩情

路过的风,请把你摘下的树叶

送给我,那是母亲眼角的

鱼尾纹

## 白　露

月光从蟋蟀的哨声里撤退

一个背着大牛仔包的中年汉子

踩着摇晃的灯影,追赶第一趟公交

此刻的天空就像深藏不露的心事

蒹葭,伊人,秋水……

这些被爱了几千年的事物,人们依旧深爱

一颗白露

站在清晨的肩膀上,把生活与艰辛一一消解

## 秋　分

梧桐叶落得越来越急

雨滴打湿的脚印

绕着地头的火堆奔跑

火光里埋着红薯、苞谷棒和山歌

父母砍倒一片枯黄的午后

掰下了一家人的口粮

我拢了拢薄毛衫

守着清香的火堆。一只田鼠

从苞谷棒上跳下来

剩下那棵苞谷秆，在风中摇晃不止

## 寒　　露

雨下了整整一个早晨

露珠在草叶上滚动着秋天的色彩

温度，光影

在第四医院门口扫码

雨持续淋在了雨上

萧瑟让人裹紧了风衣

那些消逝

那些卑微生命的日渐腐化

有意或无意

突然不想再大张旗鼓地书写一片叶子

那个腹部凸起的女人

手扶的腰间藏着苹果的香气与春天

我看见街边的法国梧桐

绿得那样认真

## 小　　雪

这个节气拥有的慈悲

足以感化阑珊的荒草
阴沉的天空,适合落点雪
适合清浅的梦悄然而至,你眼神明亮
说起了迫近的荒凉
和一些还没有放下的梦想
秋天,水一样地流走了
方一回头
蓬松的草叶已披上白色的纱巾

## 大　　雪

人到中年,还有什么事情
不能面对?气温在零下徘徊
公交上的人,手机里暗潮涌动
远处的高楼,披上巨大的苍茫
白色的翅膀,游走人间,落在
许多人的头顶。落在雪上
一场又一场

## 大　　寒

街道寂静,餐饮店和商铺紧闭双眼
路灯在默默哀悼
斑马线从马路上爬起来
寻找人群
一辆救护车驶过

把凝固的空气撕开了一个怦怦心跳的口子

我已经忘了寒冷是什么模样
是雪？有六角形的温暖
是北风？能擦亮一朵朵梅花
哦，是病毒
让人骨缝里一阵阵寒凉

鸟鸣
在一遍遍揉搓这个城市僵硬的关节
小区，有志愿者在走动
清零的消息开始在手机里飞走
大寒过后，许多脚步
在异乡正等待着迎春花开

大寒，大寒
我和亲人还隔着一只口罩的距离

风／的／肋／骨

# 空房子

kong fang zi

## 终南山隧道

终南山隧道穿过我。
我听到风声昏暗,不知深浅
标识牌、灯、分隔线……
逃离
落下我。仿佛不曾有过牵念

他们要去哪里?
是厌倦了昔日灯火,
还是奔向更璀璨的星河?
从我身体里抽走了多少,
还能留下什么?
那些重叠环复的影子缠绕,轰鸣

我在变空,如深渊
却沉重无比。是虚空的重量,
还是一切皆为幻象?

这隧道究竟有多长?
是一生,还是恍惚的一段?

我被甩进了都市的喧嚣
隧道的两端,一端连着根脉
另一端连着孤独、离愁

## 蝉　衣

鸣叫突然消失
我打开手电
树干上，一只蝉的背部
已经撕裂
翅膀不住地颤抖
它的身体，正一点一点地
剥离尘世

再次路过那片菜地
我看见，一座空房子
起伏在秋风里

## 果　　壳

四奶七十多岁,守着一院疯长的碎语
六年前,消防官兵从驾驶室
取出刚叔时
雪籽,打得脸上生疼

风揣着敌意,吹得肆无忌惮
被吹成了纸人的四爷
脚印覆盖一双脚印。时光
日渐混浊

她抱着一袋核桃,从空荡荡的
里屋出来
……再次起身,去关鸡舍猪栏

瘦小的身影被夜色,越埋越深
岁月剥出白白胖胖的桃仁,把桃壳堆在那里

空／房／子

## 蓝 蝴 蝶

她画一只蝴蝶，蓝色的翅膀
埋头，涂黑色的天空
她不说话。
夜晚，从一幅画里渐渐苏醒
月亮还没有升起

蝴蝶是天使，会飞去天堂
会落在爸爸肩上……
她，垂下的长睫毛
关闭了一只蝴蝶的悲伤

这节美术课上，孩子们
有的画海底世界，有的画遥远太空
翻到那张画。暗夜隐退
一只蓝蝴蝶
执着地，驮着星光

## 归期未有期

雪落无声。一夜间
通往老家的唯一山路被掩埋得
严严实实

那个盼了他一年的人
被一场大雪
困住
再也不会去电,询问归期
野蒜饺子,红豆粽子,桂花糕,核桃饼
凡是他以前的最爱
都储藏在冰箱

雪,在不经意间停了
天际收拢了巨大的翅膀,却又空得
能装下他的前二十年

空／房／子

## 鱼　腥　草

白净的节，洗净整齐摆在砧板上面
火苗嗞嗞的
盘旋升腾
闭上眼睛细细地嗅

那些黯淡的日子被清热、消炎
照亮许多眼眉的你
是多么有资格被喜爱
戴着口罩，额头布满细密密的汗珠
似乎煎熬了半生

窗外春日繁华。鱼腥草
又一次茂盛，我起早赶去市场
将它们再次捧在手心

## 春　光

群山依旧沉寂。二月
将火焰、薄冰和毛茸茸的芽苞
串成崭新的鸟鸣
雕窗半透，竹节海棠在等鬓角花开

仰望天空的时候
有人掐灭体内的萤火，与小路、落木和解
抛开作乱的野草
早年带回的那株迎春花
正将香气挂满院墙

送别的白发落在路口
石桥、空地、不舍的眼神
等风来渡……它们蹲着
站着，弓着。敞开了棉服
待你亮出身份，春天即刻起程

空／房／子

## 湖 边 柳

走到湖边，就停了下来
并不是被湖面的金箔或涟漪所吸引
而是被那棵柳树
和树下的一个人绊住了目光
他侧身卧在水泥凳上
枕着帆布包
柳枝晃动
似乎正将所有的艰辛和浮躁
——拂去
他的帽子已经滑落
风依旧不紧不慢
可就是吹不掉他身上的斑驳

## 开往关岭的火车

人总有不舍的时候
当时间用越提越快的车速
将我送进未知
用一扇扇窗口道别

故乡和异乡,有部分已经开始坍塌
身后的站台
正被那么多的人用来迎接,或者离别

在开往关岭的火车里
我开始尝试
在倒下的笔筒里能否扶起一粒粒方块字
直到现在
我还在旅途中苦苦追寻
而火车,又一次提速

空／房／子

## 如初

试图给心找个栖息地
结果只找到一串脚印,歪歪扭扭远去
是悲喜,或爱恨
在生活里,丰盈需要些许时日
一首优秀的诗歌,腹稿已基本形成

短靴很短,抵御不了风寒
如同我在低矮的生活里,尝试
触摸诗歌的高度
踮起脚也总是无法
淬火一个爱字……

罔极寺的钟声就要敲响了
所有的遗憾,暂且不提
对过往的、忘却的,抱拳,致歉

继续以热爱的心
允许自己做烂漫如初的牧人
在文字里,赶着羊群上山,吃云朵
远处的冻土,已经开始松软

风／的／肋／骨

空/房/子

## 旧 年 辞

台历只剩最后一页
草木枯寂。高楼,飞机,云层
还有远处看不见的南山
风雪正在赶来,一切进行得悄无声息
浮尘般的我,被光托起
影子消瘦,甚至荒芜
走过的人又一次抬高这个季节
北国的冬天也适宜一些植物开花、生长
送别和迎接
类似硬币的正反两面,取决于抛起的高度
夜幕不能改变列车的方向
一颗滚动的苹果里,淡淡的香气
马蹄,或者背影
再次返回孤寂的旷野

## 蝉　　蜕

被遗弃的空房子
在静静守望
幸福与落寞
《本草纲目》里的一味中药
性寒、味甘
散风热、逐咳喘、去疮毒
我已经没有了
城市里熙熙攘攘的孤独感

而我分明看到
那个破败的老屋
风吹过的时候
摇摇欲坠的老人
瘦骨嶙峋
像一只被岁月掏空了的蝉蜕

空/房/子

# 萤火虫

单薄、透明的翅膀
荧荧的光像人间的星星
我和父亲浇地回来
这些夏夜的小精灵
就提着摇曳的小灯笼
在我们身前身后明明灭灭
有时它们飞起来,让我
分不清哪颗是星星,哪只是萤火虫

父亲曾帮我将它们抓住
装在南瓜空心的藤蔓里
做成一个荧绿的魔棒
我已经很多年没有见过它们了
夏天的夜晚
我会习惯地推开窗户

望向天空。只是
城市的天空灰蒙蒙一片
我把星星和萤火虫
弄丢了

空/房/子

## 在永兴坊里遇见打糍粑

在永兴坊。遇见了一群游客
在捶打久违的乡味
熟悉的场景瞬间穿越了终南山隧道
我看见,羊角辫跟在父亲后面
将蒸熟晾凉的土豆挤挤挨挨地排满磨盘
日光在手臂上亮晶晶的
石磨,可曾记得
摇摇晃晃举起木槌
追赶蝴蝶,绕着石磨疯跑的我

你拖家带口,来到了这里
是来寻找走失的我
还是也来到这都市落脚?
很想走过去,摸摸熟悉的亲人
却感到,木槌
狠狠地,敲了我

## 四月，倘若还有可以奔赴的地方

多年来都是如此。我把自己蹲在低处
仰望天空。细雨
淋湿了远路上的行人。
四月，倘若还有可以奔赴的地方
定是山清水秀的村庄
必须逃离车流、人群、喧嚣
乃至疲惫、怀念和冰凉
面对父亲坟前的草木
跪下，他一定听到了我想说的话
不然风为什么吹得如此轻
此刻，穿着往事的风衣
坐在沉默的深处
一只风筝悬在树上摇晃不停
快要摔下来了

空/房/子

## 回　　家

需要一张车票，一个背包
将故乡以外的事物
丢在人流和车辙之后
空出嘴巴吹掉身体里的浮尘，吹空自己

刮一阵风，把下落不明的人
一一带回。在月夜，围坐
树上的苹果，散发出阵阵香气
桑葚，木槿花，坐在影子里浅笑

多少年过去
守护老屋的燕子
每年准时返回。而爬出村庄的蚂蚁们
竟被一场场的雨拒之门外
直到母亲喊出的一声乳名
消解掉疲惫和沮丧，你找到了自己

## 归　　途

翠鸟。风一样掠过水面,潜入
一个下午,用一只虾仔举起整个秋天

匆匆的行程渐渐柔软
女儿。落雨天,孤单的节日。紫葡萄
在后座的纸箱里摇曳甜美。亲爱的孩子
等待在等待里

她在飞,载着满翅的河水

空/房/子

## 儿时的记忆

雪落下来。河岸沉寂
一串脚印将打麦场扫出很远
支筛。压低嗓音等鸟儿飞过来
扑棱一声,扣住一只,两只,三只

雪花开满院落
火炉里的柴噼噼啪啪地响
忙碌一天的父母亲围坐下来
王宝钏、薛仁贵的甜蜜和酸涩
一次又一次住进我的心里
橘猫蜷在腿上,也沉入故事

多年后,我终于相信
美好是短暂的,又是永恒的
那些记忆会随时随地拔节
令人措手不及

## 酒　　坊

粮食在这里，一夜一夜沉默
黑釉的酒瓮将水与谷的交欢守得严密
桃花多舌跟风
泄露了秘密

男人没能抵制住诱惑
陷入香醇的温柔乡里
不想西出阳关是否还有故人
甘愿跃入深渊

夜，深了。酒，浅了
他安静下来
像一只火烈鸟踩着一团火焰摇晃地飞
桌上的半杯酒里
月牙又向杯沿挪了挪身

空/房/子

## 炊　　烟

车，驶出了眼睛
你还站在瓦楞上挥手
身后，空荡的老屋
更加斑驳，消瘦


他们，不得不挤进异乡
解决房贷、车贷、孩子的入学
那里没有柴火灶
有人枯坐黄昏，在文字中将你升起


你日渐消瘦，萎靡
一病不起。
灶堂前，那些柴火里的虫子
窃窃私语：腊月里
你又会活过来
爬上屋顶，爬上村口的大杨树梢

### 银杏黄了

请给树下沉默的人,一片阳光
你扛着一捆大豆,从田埂归来
请给她一缕清风
吹散你背上的乌云,拔掉裤管上的芒刺
请给她寂静的夜晚
月光猫步瓦檐的时候
用来辨别坟头上的轻声细语
别忘了
请再给她一个窗口和次第熄灭的灯火
用来对话
那些看见和看不见的魂灵

空/房/子

## 远　　山

那些高山杜鹃,在四月开出猩红
父亲一声吆喝,一只松鼠"吱溜"一声
从冷杉上跳下,钻入花丛
我在父亲背上,路走得越来越远

那是多年前的事
现在,父亲躺在山脚下
看尽无数的春天
山麻雀从草丛间飞出,又很快飞回
一切保持静默
草木在身体上又一次开花、返青、凋零

我坐在夜晚,想写下点什么
那座山,就在远方
山路上,有一些光
在微弱地晃动

## 槐　花

白覆盖着白。开在记忆和五月
在市场拐角，和母亲年纪相仿的妇人
微笑，撞入双眼……

我的母亲，秦岭山中槐花一样的女人
已经爬不动木梯，却依旧
摘下最新鲜的露珠
香味从厨房开始，填满空寂的院落……

花朵挤挨着花朵
就在那墙外，明亮的光影间
我在木梯上，母亲站在树下

空／房／子

## 中 秋 节

捕捉不到月亮的夜晚
白色的房间,你紧闭双眼
一整天躺在雨声里
间隔两小时,我就不得不抱起你的梦境

此刻,嗞嗞作响的灯光里
你曾穿梭不停的菜园、厨房和小院都在等你
母亲,秋天已经到了窗外

没有哪个秋天会一无所获。你说过
风拿走一部分,给鸟雀留一部分
剩下就是我们的收成

我已接受了雨的插足
——母亲的鼾声,是世界上
最明亮、最温暖的月光

## 秋意微凉

住院部前的小公园
紫藤已经枯黄。水打开翅膀
引领着我在音乐中坠落
又急速升腾
住院部大楼的时钟指向十六点
光线落在几张轮椅之外的鸟鸣里
暖意稍稍减弱
天气预报明天后天有雨
我喜欢晴天。"该掰苞谷了。"
我的母亲,深谙秋的深意和恩赐
扶她站起,颤颤地迈步
风吹来一阵微凉
音乐止
地上的水迹并没有马上消失

## 风中的狗尾巴草

这么多年
风一次次潜入她的腰身
当我指着水泥缝隙里长出的狗尾巴草时
母亲的目光
仿佛被它们点燃
她努力站起来,练习腿部力量
现在,她和它们的光影
渐渐摇曳到了一起

## 十字街口

如果时光回溯。母亲牵着我
小心地穿过一场秋风,穿过缓缓的车流
她越来越瘦小了

紧抓长满暗斑的手
生活和病痛的禁锢暂时解封
跨过了阴天、木船、石桥和伤口
甩开了冷冷的早晨

……许多年后
喊"冷"的风,依旧在吹
我的女儿也紧紧地牵着我
她内心的镜子
照见我延烧的火焰
穿过瑟瑟的十字街口

# 陶盆鱼

tao pen yu

## 黄　　昏

黄昏，鸟雀在十几层的脚手架上
叽叽喳喳，一群灰色的身影
压低了暮色
风，从天空的高处出发
想要取走盘旋的雀群
顺道取走那些喧嚣和苦痛
夜晚降临的时候
风声渐息，鸟鸣渐远
你突然而至的悲悯
掩于夜色之中

## 没有一片叶子是多余的

幕墙外
夕阳为他们裹着神圣的光
他们像两片风中的树叶
划过的地方阳光更加灿烂

这是腊月的下午
梧桐树举着光秃秃的枝丫
他们隔空喊话：儿子五年级
是块读书的料。说到了某个女人
缒下的绳索剧烈摇晃

风的时速和力度丝毫没有减弱
日子、学费、水电费、医疗费
还挂在城市的悬崖边

站在阳台

我欣慰,一片叶子吹动另一片叶子

当风将他们放开
巨大的玻璃幕墙上,夜色的抹布
正一点点将他们擦掉

陶／盆／鱼

### 路边的长椅

漆已剥落,一身斑驳
经历了多少
承载过什么
它的经历,正在我的身上发生

某个下午
我带着穿衣镜里的女人
重返花店、校园、商场
给她买巧克力冰激凌
只是回家的时候
她在长椅上走失了
冰激凌融化了一地

## 肇事者

松鼠逃窜
撞上鞋子,我跺脚
惊叫
它刺溜一闪,钻进了草丛
连蓬松的灰色尾巴也没有留下
现在,在事故现场
这片草地,只指认了
我,唯一的肇事者

## 飞进办公室的鸟

飞进办公室的鸟
喳喳乱叫
那么急躁
它知道,这不是它生活的巢
它知道,那些不怀好意的眼睛里
放出的光芒是一把把刀
鸟儿呀,千万别——
千万别把那块玻璃
当成自由的天空
正向你招手的云朵
看不见暗藏的杀机
你得静下来,看一看
就像突然闯进这个城市的我
谁会为你打开那扇透明的窗

陶/盆/鱼

## 像鸟儿一样鸣叫

鸟儿在自己的歌声里沐浴
声音的流水从叶隙
抛洒亮晶晶的浪花
我看不见它们,我的眼睛布满欲望的蛛网
我的心跳声嘈杂、混浊
背负了太多不堪重负的喘息
我的脚下安装了车轮,无法停歇
耳边的风声充满了叫卖、讨价还价
没有一只鸟鸣的窠巢

想起小时候,掏鸟窝的情景
真想再次爬上树杈
像鸟儿一样静下来
这多么奢侈。像鸟儿一样鸣叫
这多么奢侈

## 暮 色

喜欢穿过木塔寺公园
云杉过滤了喧嚣
夜幕落在白雪丁香上，呈现一种克制的松弛
蘸水写字的老人
一笔一画，是对这个傍晚的敬畏
在斑驳的石刻前站了一会儿
曾经香火缭绕的木塔似乎又在不远处
不时超越的脚步，看不见悲喜
天色渐渐暗沉
仿佛所有的事物都已谦卑地隐身
并被这个世界善待

陶／盆／鱼

## 归　　来

鸭掌木，石榴树，富贵竹
爬上了星光软梯
潜出河流
一寸一寸冲破黑暗，向着远处
外出数日，归来
阳台丰腴成了春天的模样
被捆绑、被剪切、被遗忘的枝干
冒出许多新芽
顽疾和阴影正被光亮，逐个剔除
青草味的阳台里
一株人形植物
安静地坐在自己的影子中
绿萝已经翻过椅背，爬上了窗口

## 医院走廊

隔着幽暗的长廊。隔着
大盒小盒的药片、化验单和消毒水
隔着不安的脚步
南边产房。北边重症监护室

门推开,一张蜡黄的脸
瞬间,拉近了人群
墙上的可视电话——
157床家属可以进来探视
有人慌乱地套上墨绿色的无菌服,闪入

我坐上刚刚空出的椅子
将保温桶盖子拧紧
又拧紧

陶／盆／鱼

## 四十一床的女人

苹果的香气,充满狭小的空间
她小心地,切掉内核

她说还没要宝宝,自己
还很年轻

"教授,能不能……
我以后还得面对孩子们。"

她将果肉切成小块,小口
小口地吃。

我转头望向窗外,许久

车　　站

女人将上衣撩了一寸
怀里孩子已经睡熟
海棠开在脸颊。在三月
风吹过,停在,她捂紧的衣襟

人潮涌动,安检已经开始
女人披了披粉色毛毯
将孩子递给老人

铁轨缓缓移动
火车哐当哐当地咽下许多叮嘱
玻璃上,一粒黑色的逗号
越来越小。她捂住嘴

我看见,一个人的眼里
可以藏下波涛汹涌的大海

陶／盆／鱼

## 雪

落在城墙角。两只小木凳
挪动着他倾斜的黄昏
收找零钱。归整袜子、钥匙扣、证件套、二维码
路人纷纷缩起脖子，匆匆而过
没人在意
一只蛇皮袋子裹住的身体
这场突如其来的大雪
下在他的头发
脊背、腰椎和老寒腿
直至后半生

## 流 浪 者

靠着老槐树半卧的人是个皮肤黝黑的男子
他保持仰望的姿态已有一会儿
或许是需要空旷的一片蓝天
或许是无所适从
他侧身
拒绝和陌生人搭话
这是个上了年纪的老人
他痴痴地望着树上那只泛白的风筝
在光与光的间隙
西风正翻动着半截翅膀
在他身上投下了斑驳的阴影

陶/盆/鱼

## 飘

没有什么比飘浮物,更让人不安
雪花、柳絮、枯蝶、微尘
脱离了原本的生命轨迹
奔赴未知
看着它们无序漂泊的样子
我默然。
这么多年
无数次穿过高楼、车流和寂静的清晨
挂在裤腿上的烟火和露水
依旧哺育不了的根脉
我知道风力几级,也懂得风向的威力
相比一只鸟儿
我总显得过于谨慎

## 烟 火 人 间

低着头，一笔一画，红色的
蝴蝶结微微颤动
写得很慢
头顶的案板上，久久卖不出去的几块猪肉
扛着垂落的黄昏。女人扶了扶腰
目光落到案下写作业的女孩身上
眼睛多了一丝亮光
男人背向人群剁骨头，每一刀
都像用尽全力
天色渐暗，行人匆匆
女人麻利地打理摊面，边叮嘱男人
帮忙收拾书包
偶尔，有几声赞许
他们的身影就快要被灰茫的暮色
擦去……

陶／盆／鱼

## 晨　曦

台风过后
停水。停电。街道
被拦腰折断的大树封得严严实实
他和同事
用器械一根一根地
锯断

早起上班的人
惊恐。迟疑中弯腰鱼贯而行
路过自家楼下，他望了一眼阳台
花花绿绿的小衣服
再次挂了起来

## 荒芜

太寂静了,以至于小鸟

衔来的一片青绿

托不起清晨的阳光

见医生。间距一米

女人濒临荒芜。一道铅门

阻隔不了身体里的翻江倒海

远处的高楼冲破阴影俯视人们

风三番五次挤进窗口

吹空药瓶,吹走百无聊赖

电视音量最低。某一时刻,白色的枕头

足可与悬崖、巨石、迷雾对峙

梦魇逃走,下落不明

女人知道——

只要风没日没夜地吹

一颗心很快就会草长水盈

陶/盆/鱼

## 鸟　鸣

她默数。前几日的雪
不时从松针上落下来
鸟儿扑棱扑棱翅膀，几只
飞过了这片树林

山下的两棵老槐树，在冬日里
摇动着琅琅读书声和欢笑声

从医院回来
路上的积雪已融成明亮的斑点
等鸟鸣叫醒满山迎春花
妈妈说，就可以重返学校
她摸索着，来到树下，又一次
轻轻默数——
一声，两声，三声……

### 清晨,一场雨正在来临

惊悚地一闪,一柄银亮的长剑
刺穿了阴霾
远方的雷霆,驾辕疾驰
碾碎了冗长的梦


天色渐暗,如顽童一不小心打翻了墨砚
灯光抻长脖子,挣扎
一地的雨花
打湿了小城,还有这个早晨


等待的嘴唇,保持缄默
以另一种方式潜入一滴雨的内心
任一些说不出的情绪探头探脑

陶/盆/鱼

## 粉 色 雨

从住院部出来,天空下着细雨
我没有带伞。
街上,许多人也是空手而行
他们步履迅急而匆忙
好像替我慌乱
或紧张。我的女儿
站在路口的玉兰树下,等网约车
头顶,密集的花苞
即将盛放
在雾蒙蒙的天空中,大片大片的粉色雨
就要落下来了

## 晋　祠

天空在湖水中蔚蓝
碑刻、壁画、雕塑、古树
比风粗糙，依旧在
安抚一颗颗凡心

那些古建筑，在尘世
打坐，在殿堂存放因果
穿过千年的肃穆
浮躁轻了，世相困扰远了

慢慢地走
我就是一片树叶
衔命而来，投下向阳的影子
和斑驳的问候

## 清　晨

女人屈膝把地板擦了一遍
又擦了一遍
将挂在飘窗的月光一件一件试穿
一杯红酒里
大巫小巫纷纷醒来……

小区对面，清真寺的早课开始了
女人将一沓病历
再次整理
起身打开窗户
有那么一小会儿
女人看见，黑夜正在消失
柔软的风已经来临

## 一　朵　花

举着大红的朵,花瓣已经有些暗黑
执水壶的女人
瘦弱的影子被薄薄拓印。香气细微
时光仿佛静止
在盛开与凋谢的间隙
一定需要经历些什么,比如
刀切,移植,虫病
不过都被女人的影子盖住了
此刻,两朵花渐渐成了一朵

## 虚 无 之 词

夜半，风踮起脚
隔着帷帘
跋山涉水，回忆被洗劫一空

一颗心纵马驰骋。一滴泪
朝圣阳光、雨水、鸦雀、暗流
无法阻挡，也无须阻挡

我在落雪的城市
把灵魂从骨架上卸下，安放在干净床上
将那些无法重逢的
再爱一次

### 我们用身体活着

梦境半掩
我见到了久未见面的亲人、故友和乡亲
我们握手,完全没有疏离感

这些早已化身泥土、草木、尘埃的生命
在某一个日子被带回人间
与我一起用餐
谈论疾病、疫情和诸多不顺

长夜里,我完全忘记他们离开尘世已久
忘记命运无法左右
我替他们喝下很多月光
攒了一身的伤
却始终喊不出一声疼

陶/盆/鱼

## 局　　限

大半个晚上，对着一幅几何画
发呆。在不断添加的寂静里
那些比白昼还要白的诗句
卡在喉咙

放下执念和期待
只身囚入画中，洞悉它的江山
俘虏明与暗里的那颗心跳
甚至在界点，用黑白区分生命里的不同部分

不与自己对峙，也不与自己和解
该怎么描述
夜的声音是一张纸，是一朵云
而在光的背面
是负重前行的中年

生活远远大于许多线条。扶起
墙上单薄的影子
渐渐接受天气预报中的那场春雨
又下在了别处

陶/盆/鱼

# 大地湾笔记：没有什么比时间更锋利的刀口（组诗）

### 没有比时间更锋利的刀口

多少悲欢化为尘土
隔着千年的沉默，我看见
你的喜悦、悲伤、幸福，以及彷徨
遥远而又如此近距离地
扑面而来——

破碎的器物，敞开了生命的底色
树叶和兽皮缝制的裙裾，打磨的骨针
清水河演绎亲情或爱情
燃起篝火，唤醒啸叫
历史的一段镜头呼之欲出

多少日子，多少泥泞

千余年的来路
都藏在一只陶碗或一樽陶盅里

先辈早已将生活刻画成一幅幅图腾
凝结成时间的化石,陈列于偌大的展厅
包裹于寂静的琥珀

时间的刀口和火焰
切削生命和坚硬的事物
焚烧残破的碎片
留下寂静的灰烬和遗嘱
我感到寂静的亘古和辽远

生命会消逝
但柔软的情感终会留下
就像我,终会被时间刻蚀、焚毁
而烧不掉的
是我文字里结晶的泪水

### 人头形器口彩陶瓶

齐眉的刘海掩藏不住
欲说还休的小秘密
她仰起了脸,眯着一双眼睛

陶/盆/鱼

在大地湾遗址，如果你踮起脚
来到她的面前
只一眼，就会
被一颗摇曳的心
俘获——

### 用骨针缝补远古时期的爱情

什么样的词才能缝补八千个年月
缝补远古时期美好的爱情
几枚骨针，缝补清水河南岸的二三级阶地
用了多少日日夜夜

最初的密语，以一只玉环为证
镶进渐行渐远的背影，试想
那个男子穿着威武的兽皮衣，举着弓箭
站在雨里……

无论过了多少个千年
你抵住心口，默立在这里
静静地等待，玉环已忘了它是块玉

你就这样保持守望的姿势
直到缝补岁月的骨针，一一断裂

## 鱼纹彩陶盆

钻进陶土的一尾鱼
它的体内藏着清水河的前世和
岸旁捣衣声声

它跃出赭红的弧纹,很快
就在有缘的泥土里隐身
只有波光潋滟的清水河不疾不徐

八千年的风雨,都不曾辜负

## 小口尖底瓶

是先辈唤醒的陶泥
从新石器时代的清水河岸抵达今天
它站在陈列架上

不规则的白色图案淡雅而纯朴
用最本色的肌肤,抚过岁月的手掌
陶罐,陶碗,陶盆,陶盅……
相对逊色又多么不甘心

它是女人肩头的气度,是低头汲水
露出的一小寸雪白腰际

陶/盆/鱼

是仰韶文明的有力佐证，沉眠地下
一个又一个千年

扛过的肩，抚过的人早已散落
唯有它，穿越时空
与从未停止过的消亡保持抗衡

站在寂静的深处
我的笔无法写出它的深情
和秘密

## 碳·菜籽

当我试图找寻古人类的气息
碳化菜籽从大地湾遗址中出土
这让古老土地复活的血脉
鲜活，如同昨日

它黑漆漆的，躺在玻璃试管里
如果不是在博物馆
我不会认出，是它养育了人类
将黄河流域旱地种植农作物的历史
又推前了两千年

我是多么自不量力，囿于俗世的想象

我无法驰骋两百九十万个日日夜夜

只能默默站在他们身边

看他们低头弯腰

秋收冬藏

## 大地湾遗址

隔太久了。河流已经改道

人间早已沧桑

生活的痕迹,并没有消失

生活用具,生产用具,礼器,中国最早的绘画

至今没有破解的文字符号

那么多的墓葬坑

被挖掘重现人世。时光无法逆转

站在你的面前

心脏几次跳出,又被狠狠摁回

我被你的智慧震撼——

比如山火碳化的植物标本,彩陶盆钵

人头形器口彩陶瓶……

远古的时候,先祖早已懂得,人是万物的灵长

当我站在你安静的目光里

不得不深深呼吸,并非恐惧

而是想要自己

深陷这久远的气息

## 补 天 石

在女娲祠，我见到了那块补天石
和普通的石头没有两样
却又完全不同
一块石头，一种文明的景仰
承载历史的厚重

触摸这块石头
远古的天空升起在头顶
它蔚蓝而空旷，再也找不见补过的痕迹
几朵白云缓缓流动

在女娲祠前，虔诚地祈愿健康平安
烟雾升腾的香气里
依旧是最本真、最朴素的意念
找到了我……

## 女 娲 洞

唤醒天空的人，早已隐没丛林
传说像六月的树叶铺天盖地
她的居住地和出生地
在半崖之上

上山的时候,遇见一群蝴蝶
时而在香气中静止,时而扇动翅膀
打破一座山的寂静

天空的云朵,流落为万千子民
如果此刻闭上眼睛
喧嚣渐渐远离,在黑暗中
隐约看见舞动的霓裳

我们远道而来
越过山川河流,越过楼群和喧嚣
在口口相传的民风里
意外找到了恬静的自己

风/的/肋/骨

# 风的肋骨

feng de leigu

风/的/肋/骨

## 秋天的白桦林

白桦林,将风的肋骨吹白

呼出一朵白云
脚下就传出枯草窸窸窣窣的声音
我藏在那颤巍巍的声线中
写诗,悟道,枯坐

有时,抱紧膝盖
看见整片整片的雪从身体里飘落
便开始幻想,教堂里的那场婚礼
该是神所赐的祝福

窗外,风又一次吹过秋天
吹过桦叶沙沙地响。天黑的时候
她的伤口
再次裸露出一根根骨头

## 草　坡

跨过河岸
大片的野草
要穿过石头与石头之间的空隙
爬上黄昏的高处。一天
就要结束
中年男人将鼓鼓的工具包
换到右肩
蹒跚的脚步和粗重的喘息
渐渐附身草尖
但那是不能忽略的生活
每次回家要爬这段陡坡前
他习惯坐下歇一会儿
草们和远处的河岸
趁机又长高一点

风/的/肋/骨

# 青 龙 寺

长廊拎着风铃和壁画
樱花吐着香气
落在年少不知晓的裂纹深处

阳光充裕而宁静
草叶上光斑在跳动
那么久远啊
想到山涧的雪和流水般的事物

奔走的,似乎已经静止
屋脊上隆起的那只鹰
披着光,扛起深蓝的天空

我坐下来。一棵小草
等待风吹过

## 想 起 风 时

想起风时,它已颠脚跑了
为了芦花的一场时装秀从指缝溜走

我不止一次在落叶的旋舞中发现
风的婀娜多姿
我不忍心看树梢上的鸟巢,担心它
步入落叶的后尘,在高远的天空
划出一道优美的弧线

想起风时,它已蹿进田野,玉米咧开嘴
披着黄金盔甲,红缨张扬凯旋的心情
我渴望,我是一棵玉米
或者一株豆荚
迎着风让日子一天天饱满,充盈

我想起风时,风来了,又去了
像极了一个人的一生

风／的／肋／骨

风／的／肋／骨

## 空

近乎号叫,却是在自言自语
似笑　非笑

突袭的倒春寒,一夜间
将她城堡里的鸟语、露水、花朵
和星辰统统噤声

追撵孩童,落下一只鞋子
飞来的呵斥和小石子,没人理会
痛　或不痛

旧玩具,木梳,水杯,小人书,布娃娃
搂在怀里……一刻也不曾松开
不远处,填埋的
那口废井,似一只受伤的眼睛

## 隐　秘

翻越清晨的南山
三月落在一棵草尖
鸟鸣试图唤回湖水微澜，堤岸杨柳

云朵飞离　天空爬升了许多
一盆竹节海棠，暗藏了几条河流

阳光在草叶上闪烁
我执意修剪几缕微风
昨夜，是什么
悄悄翻过夜雨、矮墙和背影

风/的/肋/骨

## 自 画 像

三月风的头发
虚幻的脸绽开
雨后初霁的天空
捎来我的红裙子

喜欢用春风的手指
捡拾落叶。或者
喜欢用晨曦的眸子
审视日暮晚霞的厚重

喜欢坐火车
头靠车窗,听
铁轨安静的独白
晨昏闪逝,后退的灯火
不知道提着星星的列车
去往哪里

## 岁 末 书

越来越迷恋旧的事物
诸如怀念
触摸伤疤或打开记忆
不觉间又把自己磨旧了一层
暗夜里，继续学习写诗
文字依旧单薄，抵挡不了风寒
忍住心绞痛
目睹火车日夜不停地奔跑
有人上车，有人下车
无名小站偶然就扮演了终点角色
就像对某人的爱和恨，都没有理由
日子平淡而单调
水养的一株风信子
开出了三五朵粉色的花
没有蜂蝶光顾，兀自喜欢也是欢喜
爱在时光深处

路过罔极寺,女儿一声惊呼
雪,突然就下在了头顶
不得不承认
又到了告别旧年的时候
我紧紧挽着女儿,她欢欣的模样
让岁末
有了新的含义

风/的/肋/骨

## 诗歌是最适宜的住所

一直觉得,诗歌
是人最适宜的住所
干净的阳光,自由地呼吸
奔跑,漫步。思绪蓝得出窍
夜晚,伴着月光,在日渐深邃的眼神里
不掩饰,一份寂寞或忧伤

我的敏感、细腻,和对事
对物的杞人忧天
都赶不上年轮的脚步
曾以为,保持一颗童心就是年轻

现在知道,每一首诗
就是日渐老去的见证,是愈发难以忍受的
厚厚的人间落尘
可我依然,往这最佳住所

搬运脾气和爱

搬运玉米和土豆,搬运思想

我大汗淋漓,也不曾停止

风／的／肋／骨

## 影像,透视一个人的中年

一个人的惶恐到底有多重?
提着一张片状的身体
蓝口罩掩藏不住十九楼的不安
身体里的山川、河流和草木
以及潜伏多年的尘埃
快到立秋,蝉在高亢的鸣叫声里挣扎
而我,需要从另一个身体里认证
屏住呼吸
那些奔波和煎熬
在无数的夜里紧张、慌乱,又在
白昼默许、庆幸
躺在一阵光亮的轰鸣声里,等待
一缕光——
透视一个骨质的中年

## 白 色 的 风

还是冬天的那一缕。挟持
雪的风暴
白口罩,白纱布,白炽灯……

四月的白玉兰、女贞子
在窗外满树惊恐。蜂鸟试图飞离
白色的风穿透铅门之后
开始撕扯、陷落、奔突

不幸中那个万幸的人
仿若多年前的青春少年,站在广袤的原野上
身体里长出了蓝天白云,碧绿草地,流水淙淙
也深深爱着
云层中的雷霆……

## 倾　　斜

陡峭山路，每一步
必须前倾缩小与地面的夹角

阳台养了几盆绿植
无一例外，枝叶摸索着阳光

而我，想到了半坡出土的尖底瓶
汲，必须前倾
盛，饮，关系重心
春暖花开一种失重状态

是爱，是向心的力量
是一条源远流长的暗河

我忍不住添加了更多干净的空气和阳光
这样我靠近你，就又过了几朝

## 瀑　布

白练闪亮，飞花满天……

那佛经里的女神

竟从莫高窟飞来

举目仰望，衣袂飘飘

舒展双臂，拂袖曼舞

一会儿又怀抱琵琶，玉指撩拨

静坐潭边，凝神聆听

精灵们在岩石上跳跃、旋舞

体内的潮汐，和着节拍

击打着心岸

灵魂生出了翅膀，急速翱翔

抵达白练之上，与一颗美丽而勇敢的心

一起俯冲。以这种自由的方式

诠释另一种

重生

## 踏上冬去的列车

路在脚下远去。窗外田野的骏马
和鸟群的奏鸣
在白而透明的霜花里
模糊呈现。这条向南的河流
向着春天
在花谢与花开间,我是
时光斑驳的过客
谁在意一个逆风而行的背影
在季节的白纸上留下几许痕迹
那些披着大雪的诗句,摁亮了
道口的指示灯
让一双深陷泥潭的脚印
开启新的旅程

## 青藏公路速写

羊群，牛群
像一颗颗宝石，撒满草原

几头牛羊横穿公路
它们抬头望了望远处，又低下头

汽车不约而同默然停驻
等待他们
不急不慢地走到路的另一侧
仿佛观赏，仿佛祈祷

## 我听到过一粒石子的沉默

把你的棱角拾起
堆砌出亲人的衣衫
而圆的那些
是女儿的梦

晚风习惯了沉默
水波在僻静处闪烁
拥抱生活的每一次撞击
成为无数细小的沙砾

远方再美
不及老人孩童绵长的笑意
山峦,青堤
没有什么能柔软过
一颗石子的内心

## 这 片 海

岸与波浪折叠,裸露着亮白的沙滩

孩子,老人,船只
灯塔,海鸥,脚印
风,海浪,太阳,月亮
蓝,绿,白,垃圾,泡沫
清晨,午后,黄昏
高亢与抑郁,敞开与神秘

多少年了,多少年了
依然是中年
她依着大地,一直没有停下潮汐

## 卧 龙 吟

不说秦蜀古道马蹄远去。不说望敌楼上
纶巾自若。只说那年
你指尖的一曲《卧龙吟》
压住了城外的黑云翻滚
如诉如泣的音符飞镝一般离弦
火光和战旗退去
卒年不详

春天的马匹翻越西城,掠过千年
深坐史书,与你邀月对饮
酒杯荡漾出你的独白
七弦琴反复悲切的鸣响
喂养
那些远去的灵魂和孤独的人们
又——放逐
月光痴醉,有人泪流不止

风／的／肋／骨

## 斯卡布罗集市

弦月附身山泉，打马而过的人
小提琴里的雨水
前仆后继，落满空荡的码头

无法告诉你，褐色山已多次披上风雪
追逐嬉闹的鸟雀
在我的眼睛之外，听不见翅膀

芫荽，迷迭香，鼠尾草，百里香
在破碎的记忆里更加从容
我穿上那件亚麻布衫
用你的旧皮镰
收割石楠
在长满青苔的斯卡布罗集市
我满目空空——

## 这 一 年

鸟鸣深陷昨日的一场大雪
远去的路途和近处的树木
用季节标记时间
飞离的翅膀,我是丢失的车票
困于事,困于疾
不成远行
风和闪电一次次带走了身体里的很多

悲欢或是爱恨
被人们仰头喝下
几多愧疚和崭新的向往
在冬天之外
适合一个人慢慢行走

舍弃泪水
舍弃被辜负的过往

穿上春光

拥抱影子，鞠躬，告别

再去重逢

哪怕仅仅握住一枚今天

风／的／肋／骨

## 姐　　姐

和你离开的那年冬天一样

依旧没有雪

抱膝,在夜的最低处

指尖涌出月黑,荒草,山径

你一身艾蒿的味道,从暗处走来

没有一丝声响

就像舅舅舅妈都刻意回避说起

不谙世事的我

看见风撕咬最后一抹阳光

天空一片兵荒马乱

你拢了拢枯发,被搡回里屋

天就要黑了

我喊了几声"芝姐、芝姐",没人应声

第二天早晨,我看见一帮人

抬着一口白木小棺匣

走在风中

风／的／肋／骨

## 门诊大楼

### 1

昏暗的灯光。海一般的人群
跺掉方言,卸下山高水远

演说家,职场精英,诗人,罪犯
拾荒者
脸色渐暗,很快
被一座大厅统一身份

……我。我们像被潮水拖上了沙滩
每割掉一只触角,很快
又长出新的

### 2

她站在前面,将就诊卡

塞进插口

输入密码错误
输入密码错误

输密码的手
有不少乌青的针眼

冷空气从人缝中挤进挤出
天气预报的大雪
就要下了

3

坐在轮椅上
黑色大棉衣。白发一丝不苟

十二月的风
正以离弦的射速赶来,他
缩紧脖子。蓝棉被滑落
藏不住的凶兽,在痉挛的血管里奔突

他们低头,在说什么
什么也没说

### 4

好看的眼睛
眨了又眨。群鸟惊起
又倏地飞散
键盘噼里啪啦地压住惊恐

你——
必须去五楼外科
啪地盖下一枚红色小方印

一个人
枯萎在一张张白色的病历单上

### 5

有些痛,得忍一忍。红框眼镜说
儿子六岁,七十斤。
蓝口罩盯着屏幕
往左,再往左,一厘米

……挤过正在身体中忙碌的人
暂时失忆
忘记是母亲,是女儿,是老师

天空低垂。仿若清冷的这一天
从一开始就不曾到来……

## 6

取出流水
虚弱的身体被暴露。抓住亲人的肩膀
……旋转。人群、座椅、白大褂、楼顶

那一刻,想劝服自己
要像旷野里的小草,在风雨里
坚守信仰和远方

## 7

古城在窗外渐渐清晰
周遭的喧嚣被层层消音
很久,才听到天终于晴了
掩饰不住的光线
透过纱窗
在地板上开出了几朵明亮的栀子花

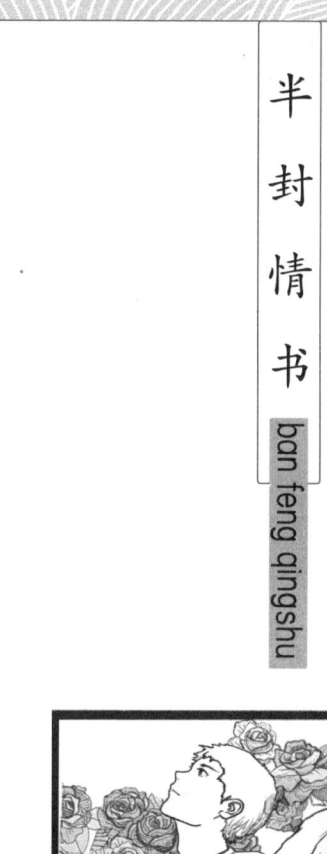

# 半封情书

ban feng qingshu

## 空 茶 杯

斑斓的灯光睡了
透过迷离的窗
末班车拖着长长的疲惫，驶过

纤细指端紧握一杯暖意
另一只茶杯依然空着
一些时光的细节
在杯中翻腾。有风飞翔

在寂静中掠过她的影子
夜已深。有挖掘机还在某个角落
挥汗如雨，肆意喧嚣
最终掏空了夜的最后一丝高傲和耐心

一只茶杯碎了，另一只茶杯
依旧空着

## 重 逢

雨落了整整一个早晨
头顶的灯上,布满了蚊虫的尸体
可我依然在梦中——
我起身,坐在桌前
和旧时的我彼此纠缠
思绪在一些闪光的句子中停留
身体像一滴透明的雨
越来越轻
我看到我爱的男人,抱着我的影子
他一再俯身低头
气息泛着光泽,睫毛在眼睑上
微微颤动

## 秋

和一只呢喃的鸟一起
在这个清冷的清晨。依恋
某个梦境的暖

年老的季节，在一片黄叶上奔跑
在一阵寒风中旋舞
在老墙的缝隙中呜咽呜咽
大片的草睡在石头的怀抱
等待
来年的风

时光怎么说老就老了呢？
此时，一个人想起另一个人
天就空得辽阔而悠远
多少幸福和期待
都已颗粒归仓

## 失　　眠

借用爱的名义
我把住在心底或柔软，或尖硬
不说话的事物，一一叫醒


窗外，月白如镜中的斑斑鬓发
遥想月下的小树
是否已葳蕤生姿
而此时，在我内心依然低矮瘦小
衬得月光更加荒芜
犹如我卑微的想念


一缕月光闯入
照见我内心里的黑，是一只忧伤的猫头鹰
在辗转反侧中，陷于夜的沼泽

心，比夜更加空旷

风／的／肋／骨

## 活　着

无须猜测，叶子多久才会葬完秋天
一场雨后，它落在活着的背面
不与我争辩枯黄的寓意
我认定，活着是青色欲滴、花朵娇艳

当我向着阳光举起一片落叶
我信了。每个人的身体里，还有
另一种活着，另一种默契

允许我缄默
呼吸同一片蓝天。黄昏
选择一首诗陪着。有一个灵魂
允许他们相依、相爱

## 码　头

码头上
久久伫立的身影
海螺，一次次涌进风暴的眼睛

谁的背影
成了蔚蓝江水的
码头

## 蝴蝶或其他

想起庄子和梁祝
阳光正好,蕊上有蝶,翅膀刚刚收拢
颤抖地填补雨后空隙

春天已经到来,我还困在厚厚的蛹中
无法告诉你,内心被沮丧和无力充满的感受
阵痛一阵接一阵

风很快要再次袭来,那些遥远的事
像一个疱疹,不愿触碰
我蜷缩进阳光的内部
长出一对轻盈的翅膀
在风中翩跹

## 与影对坐

黄昏枯萎在身体里
藏着多日的憔悴和不安
喧嚣和人群在窗外毫无顾忌地继续
囚禁所有记忆
方知晓那些写在纸上的诗句一无是处
黑夜里,叶落继续
无法阻止季节的脚步
那就接受,顺应颠簸
在你的怀抱里,我将自己蜷得更小
亲爱的,今夜的诗句
依旧和尘世一样轻、一样白
怀抱寂静
背靠一屋灯光。进入未知的世界
此刻——
让我们忘记该忘记的、忘记伤疤
只紧紧相拥

## 雪已经下了很久

找到文字的肋骨
所有的过往就有了轮廓大意
花格外妖娆。叶日渐枯瘦
妄想在往事里醉一回
或恍惚在摩卡里的一个下午

当星光认领窗影
披上线毯,一场雪已经下了很久
外出归来的猫,从风口扑过来
欣喜像一瓣瓣雪花,更像爱人的呢喃

原谅我,如此直白
爱上或忘记一个人
一秒钟
或者整整一生,根本无从把握

## 涟　漪

女贞子移动视线，鸟鸣推开远方
可我，依旧力不从心
做不到以一棵草木之心
面对世事万象
沿着树丫而行
接受刀砍、斧削，深陷卯榫

叶脉里湖水在暗自涌动
棉花的天空
单纯和恬静在你发尖上绸缪
不谈生活，不触动泛黄的时光
我们在彼此的目光里
听湖水一圈一圈地荡漾——

## 幻 想 帖

这个季节是一座城池
在风的中间,就会遇见童年,或者中年
青梅竹马的阿娇在异乡不再流浪
城北的酒肆,窗口向南
雪亮的夜里,可以几个人小酌
抑或孤寂中互相问候
残酒未尽
你已赠予灞桥岸边的细柳
目送马蹄远去
西门外。一群勤劳的人
尝尽了贫穷、疾病、欺辱、仇恨
依旧种植鸟鸣和草木之后
空出一大片干净的空地

## 清明上河图

此刻,站上虹桥
让目光一次次穿过鸟雀的鸣叫
摇橹靠岸。打马去长安的人
至今杳无影踪。他遗落的诗句
有人反复抄录

桥北的旧城门外
鸽群盘旋,相牵的手不得不放开
马蹄声远。女人的眼睫
轻雾缠绕庭院,重门掩住
有风吹过络绎不绝的人群
今夕又是何年

那个穿着绝世衣裳的女人
出走了身体
执灯,摇双橹木船赶赴汴京

涟漪远遁，唯剩一个灵魂

在一幅画中
独饮汴河的离愁
等待，在大宋的江南
与你重逢

## 洗 脸 盆

洗亮笑声，或是洗掉泪痕
温水，或者凉水
取决于她手捧的日子
和另一颗心的温度

多年以后
盆里的鲤鱼依然如新，还是斑驳脱落
和日子的长短无关
都和她的脸
分属两个部分

## 空椅子，在秋风里

沉默。念及一片落叶
翅膀里的小院、石桌和一树的香气
填补记忆
回到枯萎的欢声笑语

据说，在寂静的深夜
很多脚步会悄然返程。一把椅子
坐在风中，身旁的月影
摇曳，寂静

夜无法丈量就不丈量了吧
风过时，旧院空出了怀抱
只为等你

## 霞光之上

落日悄无声息地靠在
远山肩头。一座桥慢慢地伏下身子
抱紧河水
低语,有风轻轻掠过
暮色渐浓,房屋,树木,飞鸟
划过丛林
花儿向草丛更深处蛰伏
小虫试了试嗓子
他,坐在霞光之上
一缕炊烟,在千里之外
拉高了这个黄昏

# 梅

落雪之后，挂满一树阳光

风从西伯利亚来
你挨着亲人，笑脸拥抱笑脸
浮躁、喧嚣等尘世之物
被一一阻止

你高举星辰
以盛大的场景准备迎娶春天
我和我的言辞突然枯竭
在生活的背面，喜悦的泪水无法抑制

风从西伯利亚来
你以锻打的火焰抵达冬天的内核
爱就要喷涌而出，从细小的骨缝间
爱有多深？粉嫩的脸

难掩心绪

爱了,就把雪下了一场又一场
爱了,就把花打开一朵又一朵

事实上,意外邂逅
却一见钟情
当受宠的目光洞穿冰雪的季节
亲爱的
你身上有我久违的风雪

## 秦楚古道

骑青牛的老人，已不知去向
崖壁上的拴马孔如同旧日
触摸过曾经云集的商贾、帝王、隐士
来过，去了
唯留下一路的野草，落落寡欢

北面的杜鹃打开了高山的气节
恍若又是春天。一条路
分出了彼此
南侧草甸
用辽阔悠远的胸怀
虚构对话
安抚在历史里奔走的灵魂

对着白云大喊
将一座山的寂静惊醒

有人正悠然赶往

有人在锯子一般的风中仰望

此刻，一株杜鹃

隔着前朝旧世

将淡淡的清香落进你的眼睛

## 初恋

那一年
我的眼睛总会长出一对翅膀
从教室随时飞去操场

他穿白衬衫白球鞋
跳起来仰头投球的身影
像一把张开的弓箭
射中一只小鹿的心

他射来的目光如炬
内心的热度
像一个气球不断攀升

春天的风吹得人有些眩晕
那种淡淡的、涩涩的味道
守望那年花开

## 梦中草原

昨夜梦中,你来过两次
凌晨四点喊醒我,就又走了
留下了空阔与辽远的落寞
挨着绿色尾巴

那里花开,多么自由自在
青草根部溢出的水分凹陷在马蹄印里
绸缎一样的蓝天牵着白云
飞过游人的头顶
笑声被一串串马铃声摇成碎片
散落在夕阳的余晖下

躺在云影之中
一些经年的忧郁和虚无
在纯净的心里奔走
那些疲惫和黯淡

就要开出淡淡的花了

你已经打开梦的大门，嗒嗒远去
我要借助诗句和黎明的晨光
驰回草原
找回我爱的那匹白马

## 古城已是秋天

古城已是秋天。想与你一起
穿过微凉的事物
淡蓝色的衬衫是干净的天空
很久以前,你说喜欢青草的味道
喜欢月亮落进竹林
竹叶闪着光泽
亲爱的,我种的茑萝和风车茉莉
已经站上了窗口,它们从容淡雅
叶片擎着一脸小幸福
书架上手抄的诗歌已经开始泛黄
我还要写下多少笑声和眼泪
才能返回七月
此刻,晨光透过玻璃朝我围拢过来
越来越亮。亲爱的,你听
楼下花园的那些竹枝,又一次
摇落一串串鸟鸣

## 触 摸 阳 光

清晨,微冷,我分明感觉
你若隐若现
我从另一个角度触摸你
思想被你击倒。将所有的喜悦
聚焦成一簇簇花
我才知晓,你这温暖之镜
让每个人都看到内心
我错乱的文字,还未来得及敲出
你就俯冲下来
面对柔情
我放弃抵抗,深陷于你带来的花朵
和尘埃

## 回坊风情街

泡馍馆在街的中心。皮影店里
古老的爱情穿梭人群

阳光从檐廊间星星点点地落
喧哗近了又远
青花瓷碗。馍粒。粉丝。奶白的汤
葱花和香菜
她将羊肉夹进另一只瓷碗

爱和被爱的日子
木格小窗切换出大小不一的蓝色天空
香气环绕
说起爱过的夜晚或正在爱的黄昏
都很轻松
你说，时光的流逝仿佛是假的……

## 七　夕

据说这天夜里，葡萄架下
就可听见牛郎织女的私语
现在下着小雨
没有星星，也不见鹊桥——

隔着细雨，这一天格外温情
为了重逢，三百六十四天
喜鹊盘旋云海

……我无法不爱这平常的幸福
暑气丝毫未减
你知道，风中的果实，有小虫
呢喃的夜晚
因为爱，雨水落在身上
也是轻柔的

## 守　望

夜晚，空气微凉
捧起一本史书，陷入阒静
蝴蝶亮开翅膀，从字里行间飞出

在光影与时间之外，梦回
某朝某代与某个相约的人重逢
飞过秦宫，薄翅染上
淡淡的忧伤。那是孟姜女的眼泪
咽下最痛的苦
跌落的相思，砌成了一部苦难与辉煌
越过长安的古城墙，翅膀渐渐
沉重
那叫王宝钏的女子是否还苦守寒窑
十八载的等候，直至黛发染霜

穿越时空，飞近二十四桥明月

漫山遍野
一望无垠的花朵，可是
浅吟低唱的李清照
却依旧人比黄花

……多少年！沧桑嬗递
爱如水悠悠
在月满西楼的时候
蝴蝶依旧飞过开花的铁树
静静地守望

## 半 封 情 书

慢慢地沿着操场散步
银杏树排列成行

搭乘一辆脚踏车,欢笑在某个黄昏
清脆,而又大声

泛黄的纸页盛装着十九岁的潮汛
风中的低语

阔别已久,书柜间重读
未曾抵达黄金小径。不过是手掌上的空寂

落雪掩埋了留在那里的脚印
覆盖一层,又一层

## 白云出岫,又是一年重阳节

有人牧上山腰,牧上山顶
捧起茶杯
光线在头顶越来越淡。一颗心
在小鸟的翅膀上渐渐透明

云朵缓缓上山,天
空得明朗而清澈
这是假象。溪流正急急奔下山坡

久未见面的兄弟。爱喝菊花酒的那个人
此刻,就在某处
独饮

## 青　梅

乡间公路。我与你
被一辆自行车隔开,被一条路
迎来,送往

那年暑假,我们用竹竿
敲下青涩的十三岁,阳光斑驳满园

秋天过后,树上开满了雪
一个书包背着另一个书包的猜忌和蜡黄

后来,隔着几座城市
我们寥寥数语,欲言又止。许多年后
我见到了落花,你握住流水